Jyanome
presents

TWILIGHT
OUTFOCUS

c o n t e n t s

4

Wir geben uns heute drei Versprechen.

Ich, Mao Tsuchiya, verspreche hiermit hoch und heilig, folgende Geheimnisse meines Mitbewohners Hisashi Otomo zu bewahren und niemandem zu verraten.

Erstens: Er hat einen festen Freund. Und Zweitens: Er ist schwul.

Ich verspreche ...

... meinen Mitbewohner Mao nicht als potenziellen Liebhaber zu betrachten.

Ich schwöre, niemals Hand an ihn zu legen.

Sollte einer von uns seine Versprechen brechen, muss er unverzüglich ausziehen.

Mao, du hast unser drittes Versprechen vergessen.

Danke.

Das hoffe ich auch.

Ohne dich hätte ich die Elfte wahrscheinlich nicht überlebt.

Auf dass die Zwölfte genauso gut wird!

Ich bin froh, dass es dich gibt.

Ja.

Man schläft zusammen, man wacht gemeinsam auf. Man unterhält sich, man lacht, man weint, man schweigt miteinander.

Man sagt „Guten Morgen", „Gute Nacht", „Bin wieder da" oder „Schön, dich zu sehen".

Wir teilen uns ein Zimmer, besuchen dieselbe Schule.

Japp! Es gibt auch einen Wettbewerb.

Bis zum Schulfest muss der Film im Kasten sein.

Klingt gut.

Ach, der hat schon angefangen?

Hisashi, hast du deinen Schlüssel?

Ab heute habe ich wieder Filmklub. Also wird's etwas später.

9

Ewig hin?! Das sind gerade mal drei Monate.

Das wird eh schon knapp.

Ist das Schulfest nicht im Juli?

Das ist doch noch ewig hin.

03: 14

Hast ja sichtlich Spaß mit deinem Filmklub.

Oder nicht?

Ja, habe ich.

03: 22

Ob ich einem anderen Menschen gegenüber genauso offen und ehrlich sein könnte? Ob ich mit ihm oder ihr genauso herumalbern könnte?

03: 34

KLICK

Willkommen zu unserem ersten Treffen in diesem Jahr.
Meeting des Filmklubs
Zutritt verboten!
Besonders für die aus dem 3. Jahr!
Ich bin Giichi Ichikawa, euer Regisseur.
Unser Ziel ist es, den ersten Platz zu holen.
Wir wollen die aus dem 3. Jahr in Grund und Boden versenken.
So wie du das sagst klingt das echt nicht lustig.
HAHAHA
Die einzelnen Aufgabenbereiche findet ihr auf dem Ausdruck.
Ich lese nur die wichtigsten Namen vor.
Kamera: Mao Tsuchiya.
Ja.

BL!

BL

BAMM

HA

B...
was?

'ne
Liebes-
geschichte
zwischen
zwei Typen.

Boah,
nee!

* umgangssprachlicher Ausdruck für weibliche Fans von Romanen oder Manga über gleichgeschlechtliche Liebe unter Männern.

BLA

BL? Das
Zeug, auf das
die Fujoshi*
abfahren?

BLA
BLA

Boys
Love?

Das
hier,
guckt,
das!

Kenn ich
nicht.

Na schön, lesen wir's. Es muss ja einen guten Grund dafür geben.

...

Oh ja!

Hervorragend!

So, so? Ichikawa und die wahre Liebe? Das ist ja wie Wasser und Öl.

Lass uns erst mal das Drehbuch lesen.

PFF

Wird Zeit, dass wir einen Film daraus machen!

Ja.

NJAHAHAHA

MMH

MMH

PATSCH

Was ist das?! Das geht doch nicht! Der Autor muss ein Meister der Liebesgeschichten sein! Wahnsinn, ist das gut!

Verflucht! Was für eine gute Story! Ich pack's nicht!

Scheiße! Dieses Genie!

Darum richten wir unseren Blick auf die Zukunft.

Wir alle werden eines Tages erwachsen sein. Vermutlich werden wir sogar heiraten.

Vielleicht sind gleichgeschlechtliche Ehen bis dahin sogar schon das Normalste der Welt.

Wie auch immer ...

Vielleicht haben auch wir bis dahin unseren Partner oder unsere Partnerin fürs Leben gefunden. Vielleicht aber auch nicht.

Ich möchte, dass wir uns eines Tages an diese Geschichte erinnern.

Yes!   Ja-
       woll!

Du
könntest
auch Motiva-
tionsredner
werden.

Mein
Freund, ich
zähle auf
dich.

Ich
möchte,
dass wir uns
daran erinnern,
wie wir gemeinsam
im 2. Jahr der Ober-
schule einen Liebes-
film gemacht haben.
Auch wenn uns das
heute vielleicht
noch peinlich
ist.

Ich will,
dass wir ein
ernsthaftes
Werk zustande
bringen.

Lasst uns
direkt mit
dem Casting
beginnen.
Irgendwelche
Wünsche oder
Vorlieben,
Herr Regis-
seur?

Also
geben
wir unser
Bestes, um
aus diesem
Drehbuch
einen ver-
dammt guten
Film zu
machen.

Mich?

Ah, ja,
da fällt
mir ein, ich
wollte dich
um etwas
bitten,
Mao ...

JAAA!

19

Wenn du ins Bad willst, jetzt wäre grad frei.

STARR

HAHA

Er ist eben ein Einzelgänger.

Zieh dich lieber an.

Was denn? Du Spanner!

?

Gar nichts.

Er wäre die perfekte Besetzung für die Hauptrolle.

Ja ...

Er strahlt etwas aus, das andere Menschen eher auf Distanz hält.

Und doch wirkt er stets irgendwie einsam. Fast so, als könnte er jeden Moment von hier verschwinden. Wie ein einsamer Wolf. Und niemand würde es merken.

Was?
Hisashi?

Ja, ihr
teilt euch
doch ein
Zimmer. Und
er ist dein
Freund.

Aber
für die
Hauptrolle?
Meinst du
denn, das
geht?

Frag
ihn doch
bitte mal.

Es ist
egal, ob er
spielen kann
oder nicht. Wir
brauchen einen
echten Rebel-
len, jemand der
authentisch
rüber-
kommt!

Hier
gibt's doch
nur verkappte
Hipster oder
Möchtegern-
Sportler. Wir
brauchen einen
echten James
Dean!

Wie wär's
denn dann
mit dir in der
Hauptrolle,
Ichikawa?
Als einsamer
Wolf gehst
du doch alle-
mal durch.

Ich
glaube
nicht, dass
er schau-
spielern
kann.

Das
könnte
schwierig
werden.

Lass dir irgendwas einfallen, um ihn zu überreden, und dann bring ihn das nächste Mal mit.

Nein, nein! Wir brauchen auf jeden Fall jemanden, der hübsch ist! Es ist schließlich ein Boys Love!

Du bist wie ein kleines Mädchen.

Soll ich ihn mal fragen? Kommt vielleicht nicht so gut, wenn sein eigener Mitbewohner ihn dazu drängt, oder?

Der hat leicht reden.

Der ist echt so ein Sturkopf.

... wenn ich ihn darum bitte?

Was wird er wohl denken ...

Das ist eine Liebesgeschichte zwischen Männern. Aber gibt es bestimmt auch eine Kussszene.

Das ist heikel. Da müssen wir behutsam rangehen.

Nicht jeder versteht das.

Was, wenn er denkt, dass ich sein Geheimnis verraten und unser Versprechen brechen könnte?

Ich möchte nicht, dass er sich von mir hintergangen fühlt.

Es handelt sich um eine Rolle, bei der ein Mann sich in einen anderen Mann verliebt.

Wir alle finden, dass du perfekt auf die Rolle passen würdest.

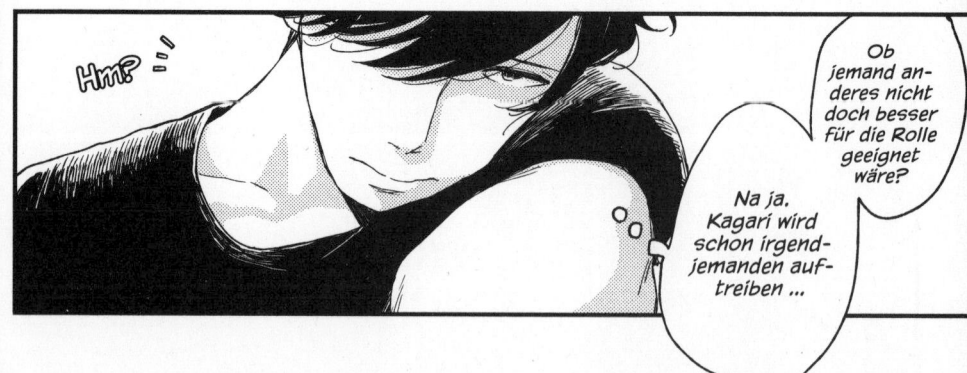

Hm?

Ob jemand anderes nicht doch besser für die Rolle geeignet wäre?

Na ja, Kagari wird schon irgendjemanden auftreiben ...

Aber es stimmt schon. So einen wie ihn, einen echten Rebellen vom Land, findet man nicht alle Tage ...

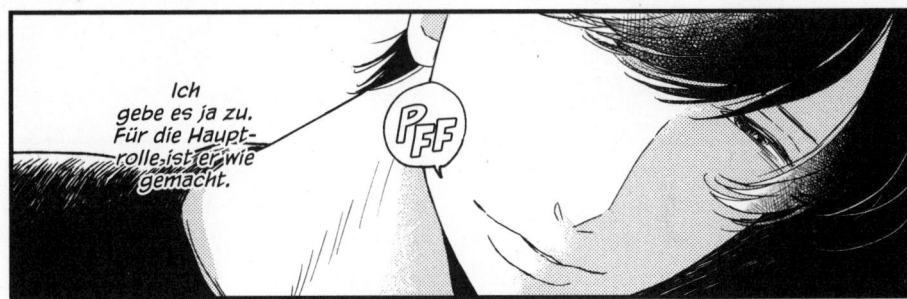

Ich gebe es ja zu. Für die Hauptrolle ist er wie gemacht.

PFF

Genau wie Hisashi ist auch der Protagonist aus dem Film ein wenig unbeholfen. Die beiden ähneln sich sehr. Auch er hat diese Angewohnheit, fremde Menschen erst mal mit einem leicht abschätzigen und kalten Blick anzustarren.

Ich hab auch schon direkt die Kameraauflösung im Kopf.

Szene 48 gefällt mir besonders gut.

Der Unterricht ist vorbei. Die leere Bibliothek im weichen Nachmittagslicht. Stille. Er betritt den Saal, als würde er jemanden suchen.

Da ist er! Er sitzt direkt am Fenster.

Behutsam nähert er sich, um nicht aufzufallen.

Wir sehen die beiden Silhouetten, ganz allein, in der lichtdurchfluteten Bibliothek.

Der Rebell richtet leise seine Stimme an ihn: „Klassensprecher." Der Klassensprecher zeigt keine Reaktion.

Der Rebell fragt noch einmal. Diesmal etwas näher: „Klassensprecher ...?"

Ihre
Lippen ...

... berühren
einander, und
doch berühren
sie sich nicht.
Es ist ein leises
Spiel, als wollten
sie voreinander
fliehen.

Der
Klassensprecher:
„Hm?" überrascht
hebt er seinen Kopf.
Der Rebell ist ihm
so nah, dass sie fast
zusammenstoßen.

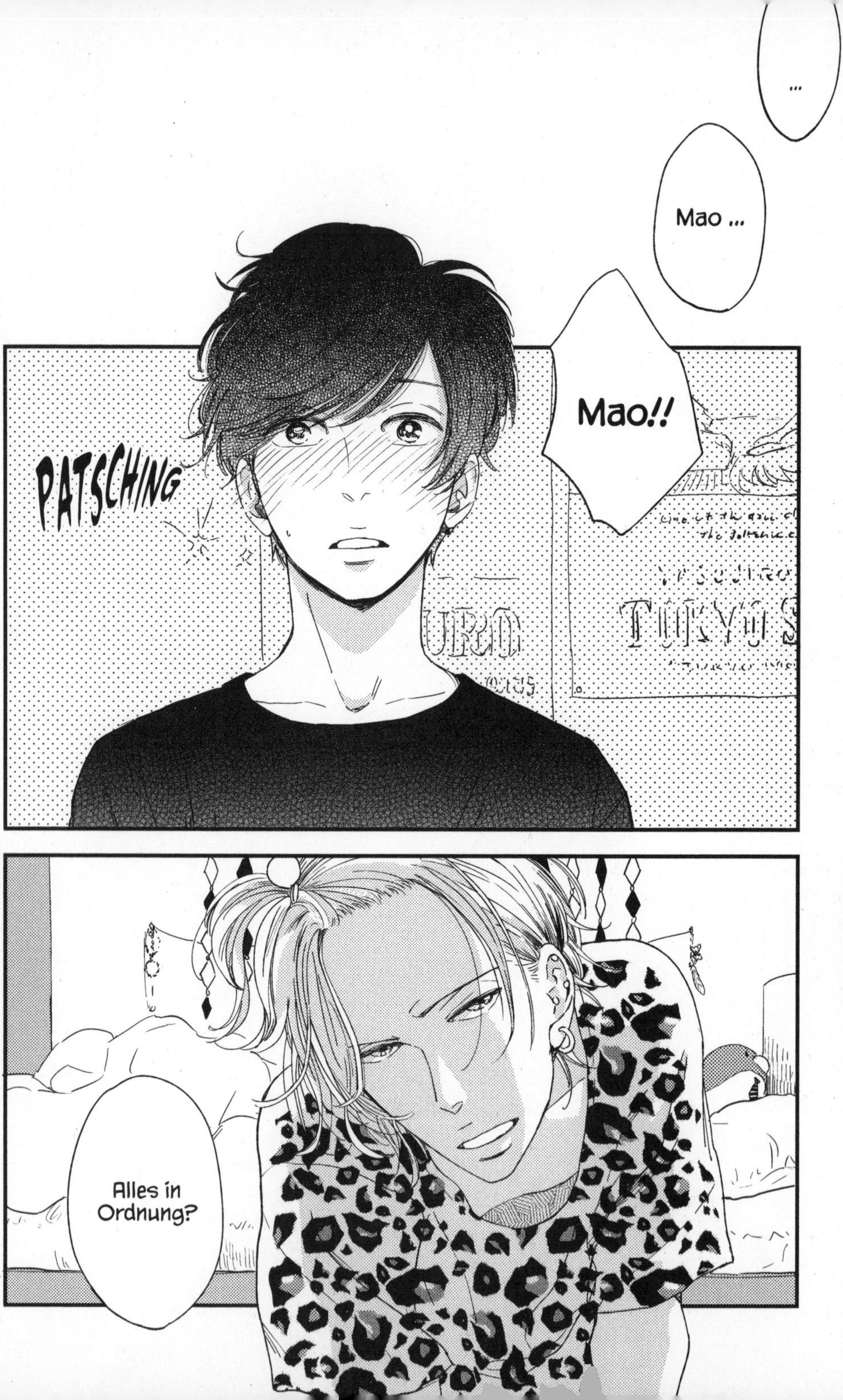
...
Mao ...
Mao!!
PATSCHING
Alles in Ordnung?

Ich wollte ...

... dass er mich küsst ...

Na schön. Ich rede mal mit Ichikawa.

KLACK

In Ordnung.

Nein. Das geht nicht. Fragen wir jemand anderen.

Ich muss schließlich noch länger mit ihm zusammenwohnen.

Kagari!

Wegen dem Casting ...

Ah! Hast du Otomo schon gefragt?

Hi!

Hey! Hast du ihm etwa von der Rolle erzählt?

Ja, ich habe an seiner Zimmertür geklopft und er hat mich rein-gelassen.

FLÜSTER

FLÜSTER

Aber Mao sagte ...

...

Hm? Wieso?!

GRA AAAH

Gefällt es dir etwa nicht, wenn Otomo die Hauptrolle spielt? Wo bleibt deine Begeisterung fürs Kino, hm?!

Schrei nicht so!

Wieso?!

Er versteht überhaupt nichts ...

BA DUM

Wieso?

Weil er denken wird, dass ich mein Versprechen gebrochen habe.

Und weil ich ihn nicht verletzen möchte.

35

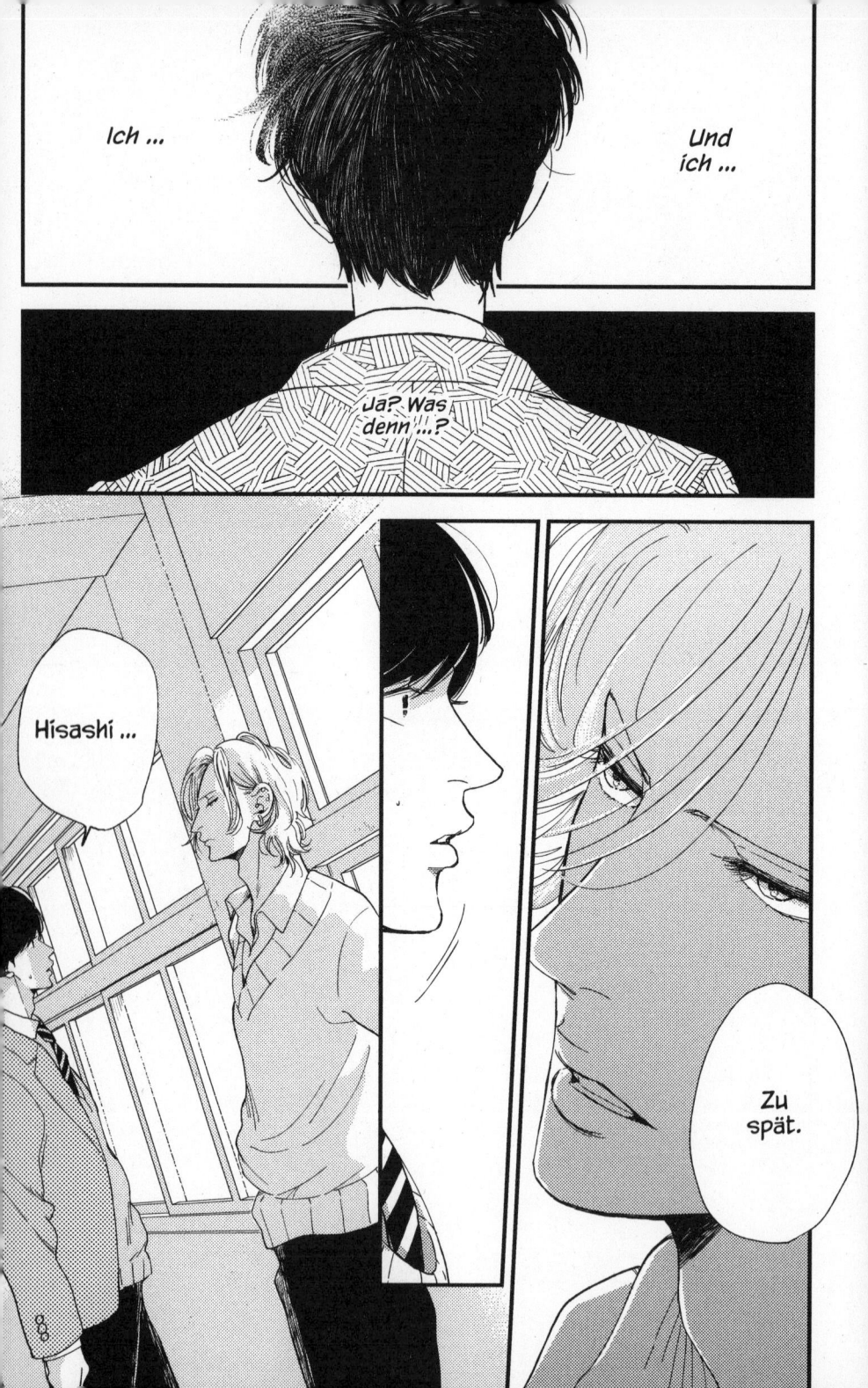

Ich tat einfach so, als wäre er unsichtbar, und alles war gut.

Er wirkte so traurig.

Das weckte meine Neugier.

Möchtest du, dass ich zu dir komme?

Aber unser Zimmer im Wohnheim war ziemlich klein.

Du hast Besuch? Wer denn?

Ich beobachtete diesen einsamen Rücken, diese noch fremde Silhouette im Raum, lauschte seinen Gesprächen.

Ich kam nicht umhin, ihn wieder und wieder aus den Augenwinkeln zu beobachten.

39

PAMM
PAMM
Warte!
Oto-mo!!
Nein ...
KNUTSCH
HNN
SCHMATZ
F... Finger weg! Fass mich nicht an!
Das ...
Ich weiß nicht, mit wem du mich verwechselst!! Aber lass das bitte!
DRÜCK

44

Das flüsterte er mir zu, mit schmerz-erfülltem Gesicht.

Mir schien es fast so, als wollte er weinen.

Es wirkte so unendlich traurig.

Alles ist gut ...

Alles ist gut. Ich gehe nirgend-wohin.

...
(Sprachlos)

HUST

Ich werde so schnell es geht das Zimmer wechseln.

Otomo, hier. Nimm das.

Und dann kriechst du unter die Bett-decke damit dir warm wird. Und zieh dir bitte Socken an. Dann kannst du dich aus-schlafen.

Außerdem ist das ein Männer-zimmer und wir sind hier unter uns. Es stört mich nicht, dass du mich berührt hast.

Ich hätte dich nicht wecken dürfen.

Wieso das denn? Du hast mich doch nur mit jemandem verwech-selt.

Mao ...

Es tut mir leid wegen eben.

Ich sage dir das jetzt, weil es ansonsten nicht fair wäre.

Ich bin schwul.

HUST

Hast du denn keine Angst?

Deswegen könnte es eben doch ein Problem sein, dass wir beide Männer sind.

Hier, trink.

Angst? Wovor denn?

Okay. Verstehe.

Ach so ...

HUST

HUST

Danke.

Hä? Echt jetzt?

Ihr Schwule fallt direkt über fremde Leute her?

Nein! Natürlich nicht. Außerdem gibt es bei mir schon jemanden.

Seid ihr wie Zombies?

Zom...?

Oha...

ZOMBIE

Ich weiß nicht. Normalerweise bekommen die Leute immer Angst.

Sich mit einem Homo ein Zimmer zu teilen. Da kriegen sie Angst, dass man über sie herfällt. So was eben.

Hm ...

Er wirkte so unendlich einsam.

Also ich hab keine Angst vor dir.

Es gibt 'ne Menge Leute, die so denken. Die schlecht über uns reden oder dumme Gerüchte in die Welt setzen.

Das sagt man halt so.

48

Ich mache so etwas nicht. Ich mache mich nicht über dich lustig. Ich habe auch keine Angst vor dir. Und ich werde niemandem verraten, dass du schwul bist.

Ver-sprochen!

...

PFF

Abge-macht!

Na schön. Dann verspreche ich dir auch, dass ich nie wieder etwas tun werde, das dir Angst machen könnte.

Du bist echt ko-misch.

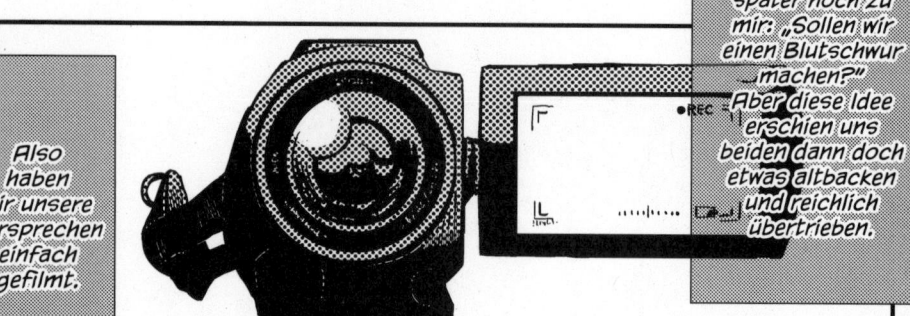

Also haben wir unsere Versprechen einfach gefilmt.

Hisashi sagte später noch zu mir: „Sollen wir einen Blutschwur machen?" Aber diese Idee erschien uns beiden dann doch etwas altbacken und reichlich übertrieben.

DONG

Dadurch wurde unsere Freundschaft besiegelt, und auch unser Zusammenleben verbesserte sich.

Aber sag mal? Was machen wir mit ... na, du weißt schon was? Mit dir im Zimmer komme ich mir da echt komisch vor.

Wovon redest du?

Und so begann es. An einem kalten Frühlingsmorgen lernten wir uns kennen und schätzen und starteten gemeinsam in unser neues Schuljahr.

Wir bräuchten ein Zeichen, damit der andere weiß, dass man jetzt nicht gestört werden möchte.

AH!

Wenn wir es uns selbst machen.

072*

* 072 kann im Japanischen auch „O-NA-NI" gelesen werden.

50

Unsere drei Versprechen bedeuteten auch, dass wir stets füreinander einstehen wollten.

Allerdings ahnte ich schon, dass ich derjenige sein würde, der sich am meisten verpflichtet fühlen wird, unsere Versprechen zu halten.

Ich wollte ihn niemals verletzten ...

Ihn nie hintergehen.

Zu spät.

Super. Wir können direkt alles besprechen. Ich hole auch gleich den Regie-Assistenten.

Sorry, ich muss los. Sprechen wir ein andermal darüber.

Okay, alles klar.

Nein, wir verstehen uns gut. Auch wenn Hisashi nicht so aussieht, aber er ist wirklich ein lieber Kerl.

Oder ... vielleicht beides?

Ich dachte erst, du bist dagegen, weil der Typ ein Gangster oder ein mieses Arschloch ist.

Da muss es schon mit dem Teufel zugehen, dass du mal persönliche Vorbehalte gegen irgendwas hast, Mao.

Warum willst du dann nicht, dass er mitmacht?

Er würde es doch sicher verstehen, wenn du ihn direkt fragst, oder?

Auch wenn du deine Bedenken hast, ich glaube, er hätte nichts dagegen.

Nur ... warum fühlt es sich dann so an, als könnte ich nicht atmen?

Mir kommt es sogar so vor, als würde Hisashi niemals an mir zweifeln.

Das stimmt schon.

Natürlich würde er Verständnis dafür haben, wenn ich mit ihm spreche.

REIB
REIB

Er hat zugestimmt. Es war sogar noch einfacher, als ich dachte.

Es muss an meiner Passion liegen. Bestimmt habe ich ihn mit meiner Euphorie angesteckt.

Bist du dir sicher? Hast du ihn auch nicht dazu gezwungen?

Nein, nein. Er war hellauf begeistert. Wirklich.

Gib's zu, du hast ihn bestochen! Eine Woche kostenloser Mensafraß?

Hör auf, dir die Hände zu reiben.

Sag mal! Du hast echt kein Vertrauen in mich, oder?! Außerdem ist er gar nicht der Typ, sich bestechen zu lassen!

Trotzdem ... ich war wirklich überrascht, dass Hisashi direkt zugesagt hat.

Er wirkt nach außen hin immer so schrill und extrovertiert. Dabei ist er im Grunde eher ruhig und reserviert.

Ja, ja. Deine Begeisterung in allen Ehren.

Was? Aber ich will doch nur ...

Aber das ist doch deine Spezialität, Ichikawa. Du lädst doch immer jeden für eine Woche in die Mensa ein.

54

Möchtest du mitkommen? Geht aufs Haus.

Die Älteren aus dem Filmklub laden uns zum Essen ein.

Möchtest du?

Verdammt lecker.

Die sind neu.

Hisashi, willst du auch mal?

HI SCORE!! 1.980.000.000 GAME CLEAR

Na los, versuch, meinen Hi-Score zu knacken.

Im Grunde kann ich noch nicht mal sagen, wie Hisashi außerhalb unserer vier Wände so ist.

Ich weiß nicht, worüber er nachdenkt, was ihn beschäftigt.

Aber wer weiß ... vielleicht ... ist es doch nicht so überraschend, wie es mir vorkommt.

Jedesmal, wenn ich ihn gefragt habe, ob er mitkommen will, hat er nur sanft gelächelt und gesagt ...

„Danke, geht mal ohne mich."

Verdammt!

Mao ...

Seine Anwesenheit macht mich ganz nervös.

ZAPPEL

Ich glaube, dass ich wirklich gern bei eurem Film mitmachen möchte ...

... nein ...

Ich weiß, dass ich mitmachen möchte.

57

Warum möchtest du unbedingt mitmachen, Hisashi?

Es passiert nicht oft, dass Hisashi etwas mit so viel Nachdruck zu mir sagt.

Ich glaube, ich möchte einfach gerne noch mehr ...

... über dich wissen, Mao. Was du so machst und wie du so tickst.

Guck mich mal an! Ich hab null Hobbys, und in 'nem Klub bin ich auch nicht ...

Wie?

Hä, über mich? Warum?

Wie "warum"? Weil du cool bist!

Ich habe nichts, was ich machen möchte.

Deswegen finde ich dich toll, Mao.

...

Ich habe erst überhaupt nicht verstanden, was du damit sagen wolltest.

Ich hab damals echt gedacht: „Boah, was ist das denn für einer?"

Das habe ich gesagt? Wie peinlich.

Raaah!

Echt? Krass. Das hast du über mich gedacht?

Ob du mir glaubst, oder nicht, aber vor laufender Kamera kann ich einfach nicht lügen.

Erinnerst du dich?

Letztes Jahr, als wir unsere Versprechen gefilmt haben? Da sagtest du zu mir ...

Von Kameras oder Filme-machen verstehe ich einfach noch nicht so viel ...

Ich möchte gerne noch mehr über dich erfahren.

Aber dich lerne ich dafür mehr und mehr kennen, Mao.

Ah, verstehe.

Ich bin so ein Idiot ... Ich hatte Angst, ihn zu verletzen? Ich wollte nicht, dass er denkt, ich hätte mein Versprechen gebrochen? Ging es dabei nicht immer nur um mich und meine eigenen Gefühle?

Hisashi ...

Lass uns gemeinsam einen richtig guten Film drehen!

Hisashi sucht nur nach irgendetwas, das ihn interessieren könnte. Irgend-ein Hobby, das er mit meiner Hilfe ...

... ausüben könnte.

Ein bisschen nervös bin ich ja schon. Meinst du, ich krieg das hin?

Mach dir keine Sorgen. Du musst nur deinen Text auswendig lernen und vor der Kamera aufsagen.

HA HA HA HA HA HA

Das sagst du so einfach. Das ist verdammt schwer, Mann.

Hm ...

Ich finde auch, dass du perfekt für die Hauptrolle bist.

Ich freue mich für dich.

Das heißt, dieser Brillentyp hat das geschrieben?

?

Was?

BLÄTTER

Der Protagonist spricht ganz anders als ich.

Der wirkt eher wie 'n schlechter Draufgänger.

Wenn du willst, kann ich Ichikawa mal fragen, ob er die Dialoge umschreibt, damit sie besser auf dich passen.

Sag doch mal einen Satz aus dem Drehbuch.

Nur zum üben. Du brauchst es ja nur vorzulesen.

Ich will mal austesten, wie ich dich filmen würde.

Was? Ich werd jetzt schon ganz rot. Nee, Mann, das ist peinlich.

Oder anders gesagt ...

...

„Bist du immer noch hier?"

„Klassensprecher."

... was ich in dir sehe, Hisashi.

Ich möchte herausfinden ...

Mao?

Ich ...

Natürlich ...

FLAPP

Geht es dir gut? Gestern warst du auch schon so abwesend.

Du siehst ganz blass aus. Hast du Fieber?

Na klar. Jetzt weiß ich, was es mit diesem beklemmenden Gefühl in meinem Herzen auf sich hat.

... bin in Hisashi verliebt.

Ich ...

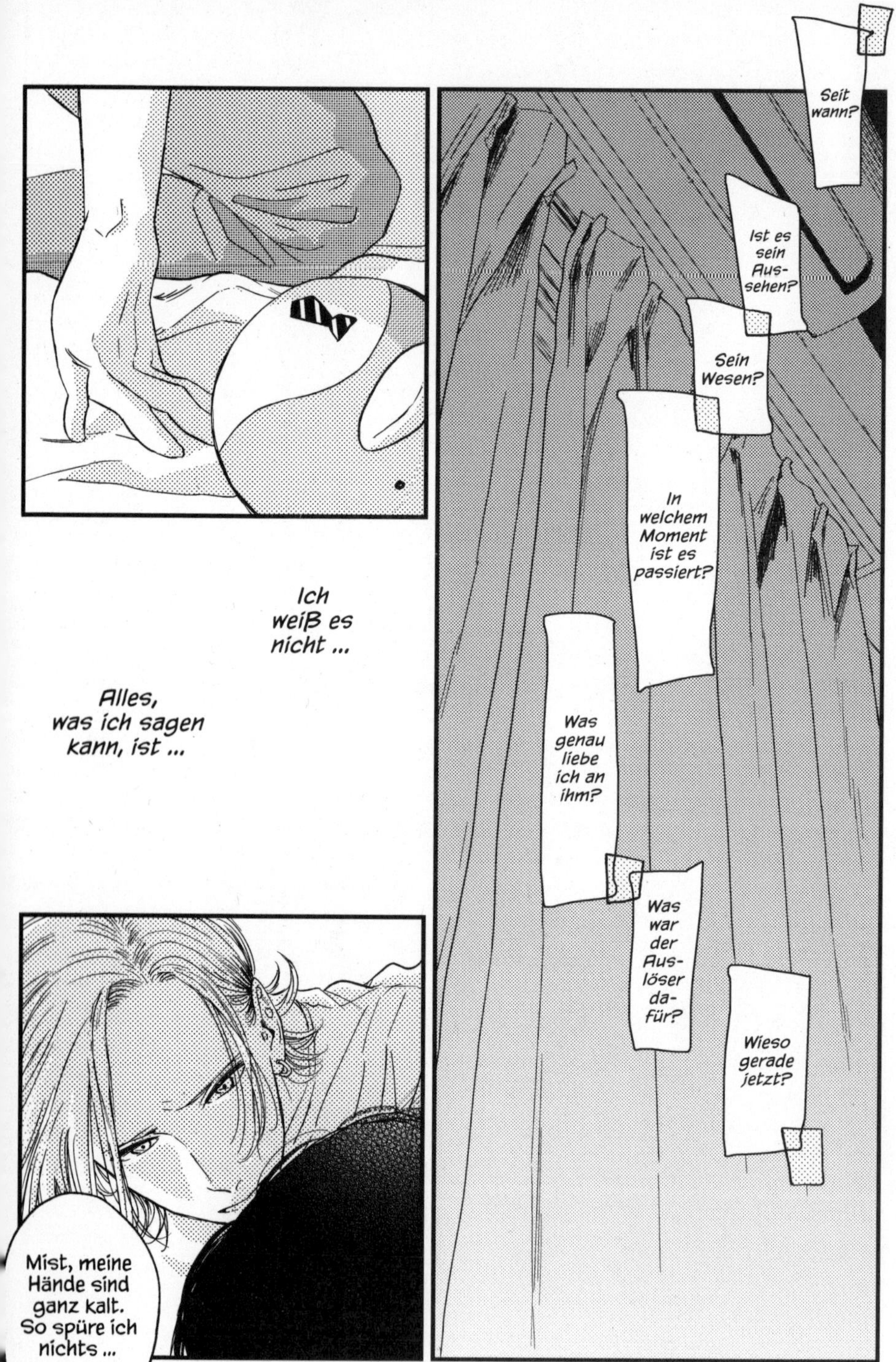

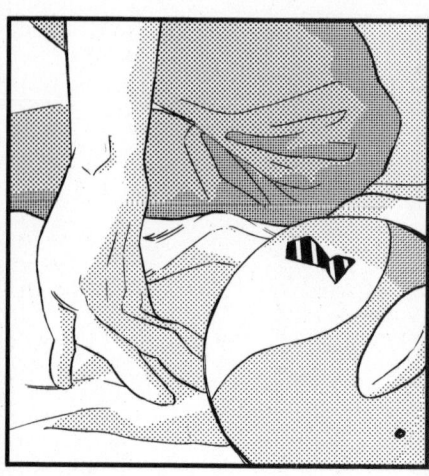

Ich weiß es nicht ...

Alles, was ich sagen kann, ist ...

Seit wann?

Ist es sein Aussehen?

Sein Wesen?

In welchem Moment ist es passiert?

Was genau liebe ich an ihm?

Was war der Auslöser dafür?

Wieso gerade jetzt?

Mist, meine Hände sind ganz kalt. So spüre ich nichts ...

Darf ich?

Mir wäre es lieber gewesen, ich hätte es erst gar nicht bemerkt.

...

Mao ...

Nein ...

ZUPP

STREICH

Was hast du? Du siehst aus, als ...

... würdest du gleich weinen.

Sorry, das ist mein Freund.

Du solltest Medizin nehmen und dich hin- legen.

Es ist nichts.

DRR DRR DRR

Warum ...?

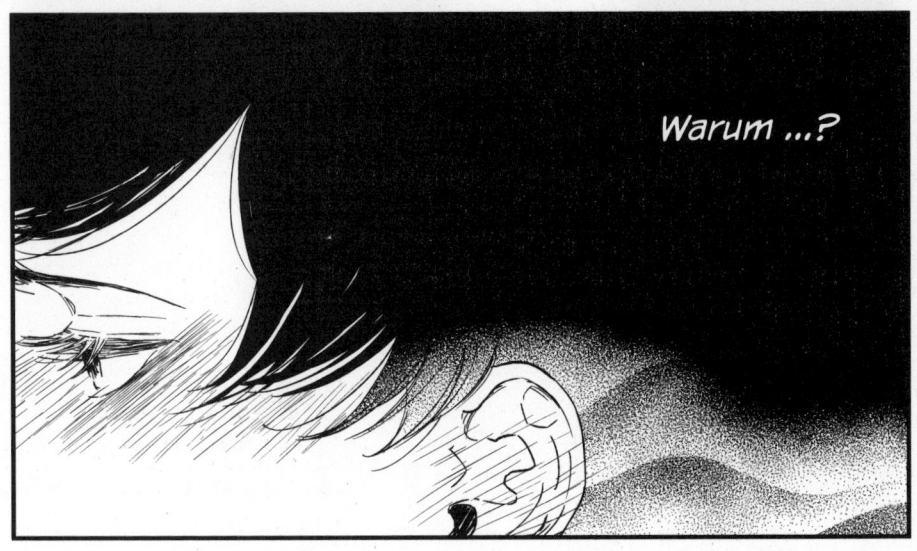

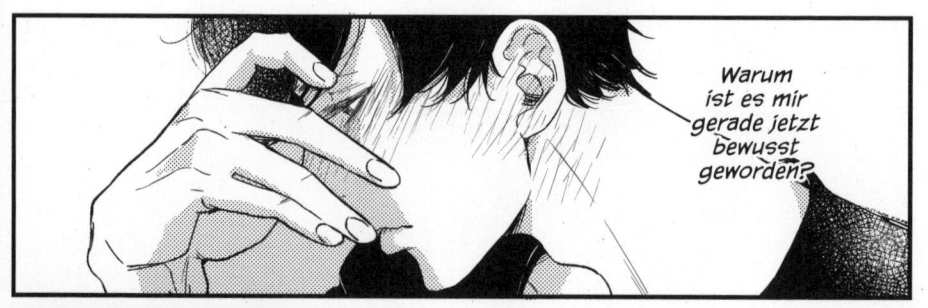

Warum
ist es mir
gerade jetzt
bewusst
geworden?

Es wäre
mir lieber
gewesen, nie
davon zu
erfahren.

Es wäre mir
lieber gewesen,
meine Liebe wäre
versiegt, noch ehe
sie überhaupt erst
begonnen hat.

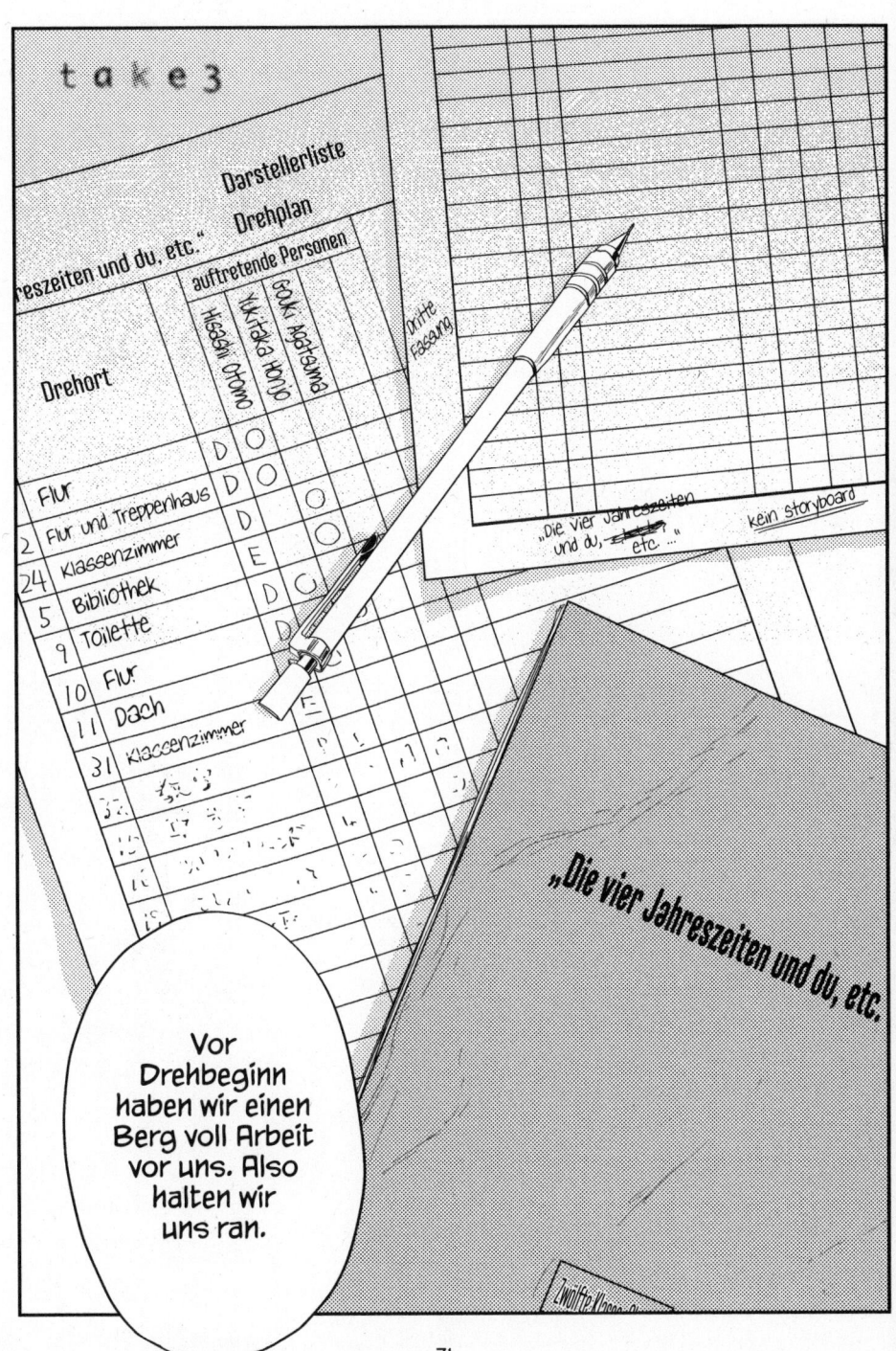

take 3

Darstellerliste

Drehplan

„...reszeiten und du, etc."

auftretende Personen

Drehort		Hiroshi Otomo	Takitaka Honjo	Gōki Agatsuma	Dritte Fassung
	Flur	D	D	O	
2	Flur und Treppenhaus	D	D	O	
24	Klassenzimmer		D	O	
5	Bibliothek		E	G	
9	Toilette		D	G	
10	Flur		D		
11	Dach		E		
31	Klassenzimmer				

„Die vier Jahreszeiten und du, etc ..."   kein storyboard

„Die vier Jahreszeiten und du, etc."

Vor Drehbeginn haben wir einen Berg voll Arbeit vor uns. Also halten wir uns ran.

Zwölfte Klasse...

78

Wenn das so ist, Herr Meisterregisseur, dann hören Sie auf zu spielen und schmeißen Ihre Papierflieger bitte auf direktem Landeanflug in den Mülleimer. Danke!

ZACK

AUA!

Macht euch keine Sorgen. Das wird jetzt noch ein Weilchen so weitergehen. Aber am Ende bekommen wir unsere finale Fassung. Noch Fragen?

Klar schaffe ich das.

Hm? Meinst du, du schaffst das?

Mao?

Stimmt. Wo ist eigentlich unsere Kameraabteilung?

Wo ist Mao?

Ah, glaub, die sind zur Drehortbesichtigung.

Sollen wir eher untersichtig aufblenden?

Ja. Ich denke, wir fokussieren lieber auf das Interieur.

Zumindest bis zu dem Moment, in dem der Klassensprecher auftritt.

STARR

Ja.

Textprobe ist morgen. Deswegen hieß es, ich könne heute schon früher nach Hause gehen.

...

Ah.

...

ERRÖT

Ja, Vorbereitung ist die halbe Miete beim Film.

Das ist doch jetzt schon so.

Aber glaub mir, trotz all der Vorbereitung heißt es am Ende doch wieder: „Wo ist das?" oder „Uns fehlt noch XY". Jede Menge Probleme, die auftreten, wirst schon sehen.

Dafür, dass der Dreh nur fünf Tage dauert, brauchen die Vorbereitungen ganz schön lange.

Bis zum Dreh sehen wir uns jetzt gar nicht so häufig am Set, oder?

Ah, ja. Das kann gut sein. Aber zu den Proben sieht man sich bestimmt mal.

Ha!

Bist du müde?
Hm, mir ist ein bisschen schwindelig von den ganzen Leuten hier.
Ihr seid ja auch wirklich viele im Filmklub.
HAHA
Schwindelig, sagst du?
Ja, nicht ganz. Irgendwie komisch eben.
Vielleicht habe ich dich auch bloß vermisst.
!!
Was soll das denn heißen?
ERRÖT

Vielleicht fällt
es ihm einfach
nur schwer,
weil er in einem
Klub ist, den er
nicht kennt. Ja,
wahrscheinlich
ist es das.

Wobei, im
Grunde war er
schon immer
sehr touchy.

Hat er etwa
bemerkt, dass
ich ihm aus dem
Weg gehe?

Ja ...
doch.

BADUM

Ich glaube,
genau solche
Dinge ...

...doch im Grunde nur ein guter Freund für mich.

Dabei ist er ...

Wieso?

Warum ist es nur so schwer, sich in jemanden zu verlieben, der einen nicht zurückliebt?

Aber es ist alles so merkwürdig ...

Du musst müde sein, oder?

Aber dein Mitbewohner schlägt sich wirklich gut. Sogar Honjo war begeistert von ihm.
Ach, wirk-lich?
Ich hoffe allerdings, dass er noch mehr Gefühl reinsteckt, wenn's dann ernst wird.
Noch mehr Gefühl?
Ja.
Irgendwie wirkt er momentan noch recht kühl und ein wenig dis-tanziert. Man könnte fast meinen, dass er noch nie in jemanden verliebt war.
SCHRECK
D... Das sagt ja genau der Richtige.
Das mag schon sein, aber ich bin schließlich der Regisseur.
Und du hast echt Nerven, mir so was an den Kopf zu werfen.
RUMMS
Hey, ich muss kurz auflegen. Ich rufe dich später noch mal an.
KLICK
Hisashi?

Das ist schreck-lich ...

Wie kann man seinem eigenen Freund nur so etwas antun?

Es tut mir leid ...

SCHLUCK

Wieso?

Warst du also doch nicht glücklich mit diesem Typen?

Tief in
meinem
Herzen ...

Ich bin zur
Hälfte genauso
wütend, weil ich
sehe, dass er
verletzt wurde.

... bin ich
schließlich zur
Hälfte genauso
traurig, wenn ich
sehe, dass Hisashi
traurig ist.

Aber
dennoch
...

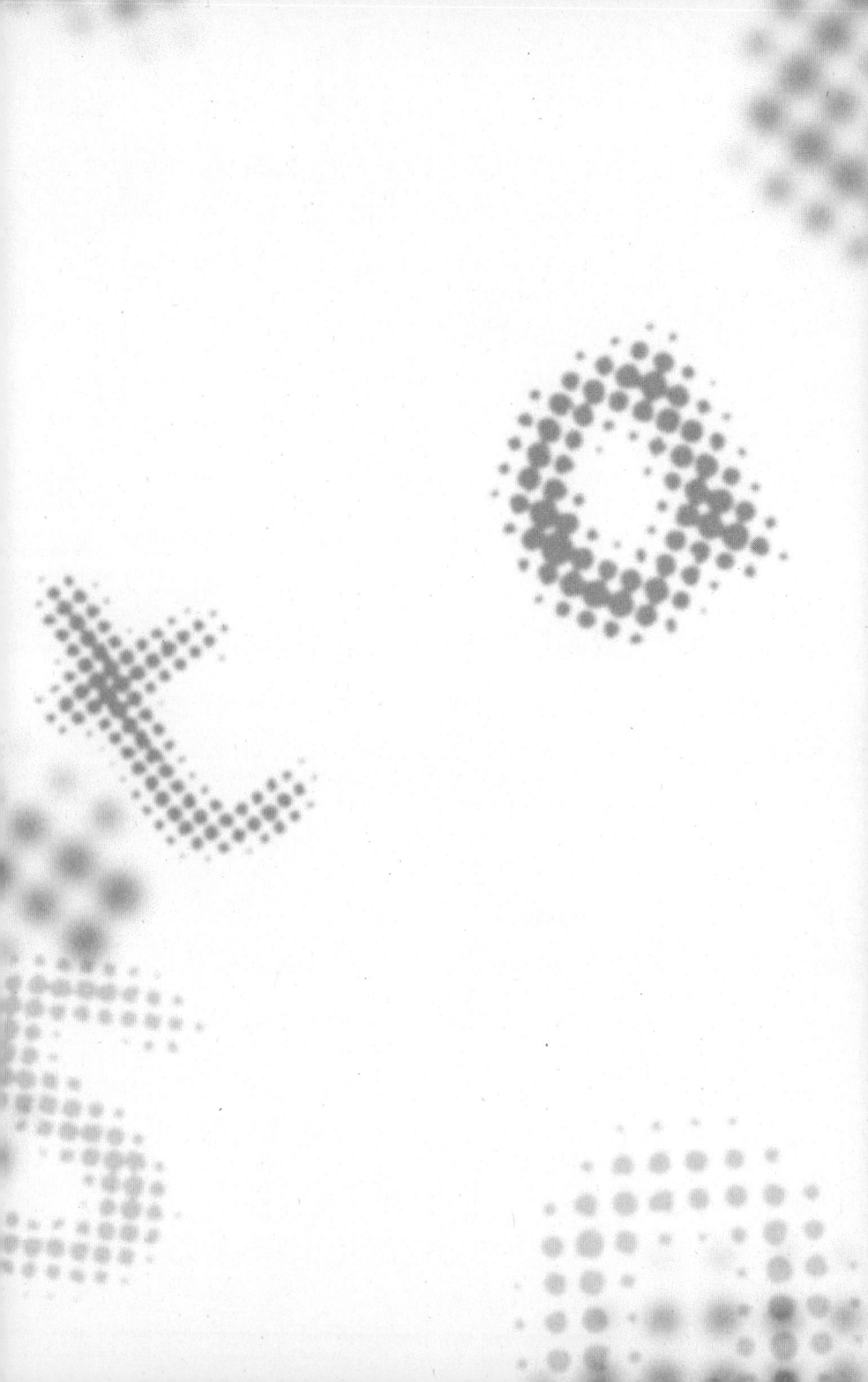

Beim ersten Mal
war ich dreizehn Jahre alt.
Meine Mutter hatte gerade
erst wieder geheiratet und so
bekam ich plötzlich eine neue
Schwester, die nur ein Jahr
jünger war als ich.

Manchmal
passieren Dinge,
die uns genauso
seltsam vorkom-
men, wie wenn wir
einfach nur unser
Hemd falsch
zuknöpfen.

Mir ist
das in meinem
bisherigen Leben
schon unzählige
Male passiert.

Brüderchen,
ich liebe dich!

So zog sich un-
sere Beziehung
schleppend hin
und ich wurde
sechzehn.

Willkommen in
der Gegenwart.

Es
war immer er,
der als erstes
meine Hand
losließ.

...

So unvor-
sichtig bin
ich nicht.

Solltest
du dich
allerdings
verplappern,
ist es vorbei
mit uns,
klar?!

Ich
wollte
niemals
seine Hand
loslassen.

Denn außer
ihm hatte
ich sonst
niemanden.

Tja, dann
sollten wir uns
wohl besser
trennen.

Du bist nicht mehr der Sohn dieses Hauses. Verschwinde von hier.

Dabei könnte er auch gut die Vaterrolle mimen.

Hisashi
...
Sehr ernst.

Wieso lachst du?

GRR

PFF

HIHI

Autoritär

Was ...?

Du hast recht.

Trennen wir uns.

Ja.

Ich möchte zurück nach Hause.

Ich sagte, „Trennen wir uns!", du kleiner Kinderschänder.
Das bist du nämlich. Ein perverser kleiner Arsch, der sich an Kindern vergeht, weil es ihn aufgeilt.
Aber tut mir echt leid, ich bin jetzt schon groß geworden.
Und apropos, Sensei, dein Arsch ist ...
BIEEEP
... und außerdem ...
BIEEEP
... so was von ...
GRR
Ich hab genug von dir, du Scheißkerl.
Du dummer ...

Die Nächte sind immer noch kühl.

Was für ein seltsames Gefühl.

Aua, der Kerl hat mir voll eine reinge-donnert.

Ja, das war echt eine beschissene erste Liebe.

BOMM

Obwohl ich eigentlich so sehr an ihm hänge, habe ich überhaupt nicht das Bedürfnis, mich umzudrehen und zu ihm zurückzukehren.
Sicher, es schmerzt ein wenig, aber ...
... viel lieber möchte ich zu ihm zurück.
Schnell!
Schnell jetzt!
Mao! Womöglich wartet er schon auf mich.
Ja ...
Bestimmt ist er noch wach!
Schnell!

Ich möchte
so schnell wie
möglich zurück
zu ihm.

Ich
liebe dich,
Hisashi.

Was ist das
nur für ein
eigenartiges
Gefühl?

Diese
Wärme
in meiner
Brust.

Es macht
mich neugie-
rig, es macht
mich heiß.

Seit wann?

In welchem Moment hat sich alles verändert?

Was liebe ich an ihm?

Was war der Auslöser dafür?

Wieso habe ich mir bisher noch nie diese Fragen gestellt? Alles schien so selbstverständlich.

Ich liebe Mao.

Was ist nur los mit mir? Ich bin so glücklich.

So glücklich!

So überaus glücklich.

Verstehe ...

So ist das also ...

Aber gibt mir das denn das Recht, einfach so weiterzumachen?

Ist Mao denn wirklich in mich verliebt?

Er ist immer so einfühlsam, so zärtlich. Vielleicht hat er nur Zuneigung mit Mitleid verwechselt.

Aber wieso gerade jetzt? Wieso in der Nacht, in der ich mich von meinem Freund getrennt habe?

Als könnte ich einfach so von einem Kerl zum Nächsten springen ...

Hisashi ...?

Ich will unser Versprechen nicht brechen.

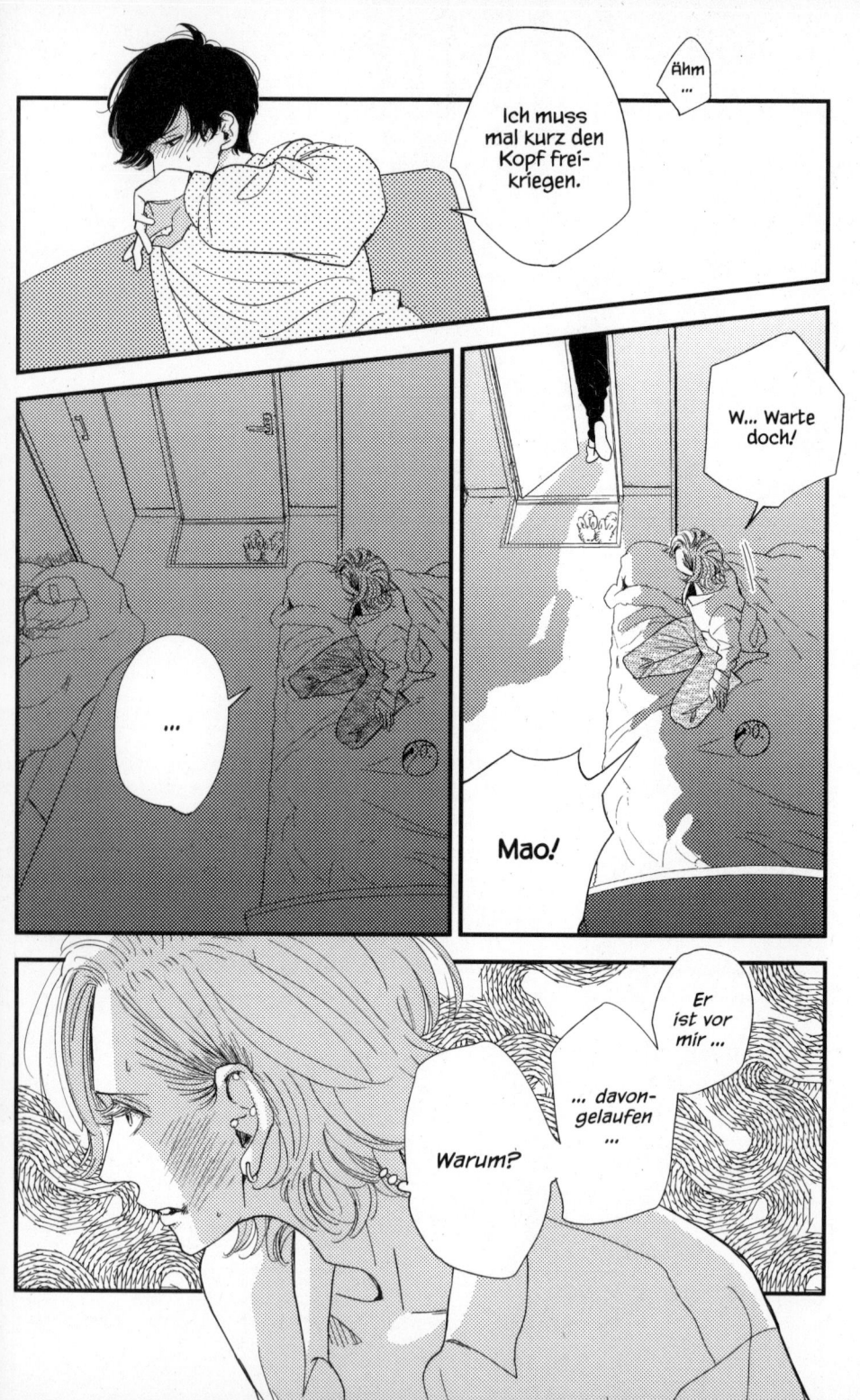

In jener Nacht kam Mao nicht mehr nach Hause.

Ich blieb allein zurück mit all den Fragen, die nur er mir beantworten konnte.

Es ist, als hätte ich mein Hemd mal wieder falsch zugeknöpft.

Bin ich es, der sich getäuscht hat? Habe ich ihn etwa verletzt?

War es doch falsch, ihn zu berühren?

Hatte er etwa doch nur Mitleid mit mir?

Liebe Crew, ich wünsche uns allen viel Erfolg!

Oh!

Perfektes Wetter für unseren ersten Drehtag.

Before

After

Ich bin bereit.

Nein, lasst es so. Das passt perfekt zu einem Rowdy.

Was machen wir mit deiner Prellung, Otomo? Sollen wir die mit Make-Up kaschieren?

Tolle Verwandlung! Jetzt siehst du endlich wie ein echter Klassensprecher aus.

Und ich hab mich die ganze Zeit schon gefragt, wer das ist!

Richtig gut!

Denk dran, da besonders laut zu sprechen. So, als würdest du dich über ihn aufregen, okay?

In Szene 3, wenn du ihn vom Haupteingang aus ansprichst ...

Otomo.

Wir fangen an. Ich möchte, dass du laut und deutlich sprichst.

HACH

Sorry ... Was?

Otomo?

Wir beginnen mit der ersten Durchlauf-probe!

Alles klar.

Jawohl!

Bin ich nervös?

Gehe rein.

Der Brief.

Bitte, Klassen-sprecher, der ist für dich.

BADUM

Ich komme durch den den Eingang, halte den Brief in den Händen und sage: "Klassensprecher, der ist für dich."

FLAPP

FLAPP

"Klassen-sprecher, der ist für dich."

Alles klar.

Und ... bitte!

Ja, ich bin verdammt nervös.

... passierte
ein Missge-
schick nach
dem anderen.

Und
dann ...

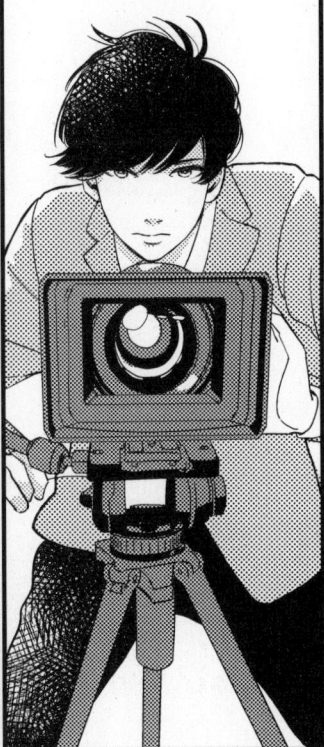

Ich war
einfach nicht in
der Stimmung,
einen Film zu
drehen. Mein
Herz war ganz
woanders.

Sag? Geht
es dir nicht
ähnlich?

Ich hatte
überhaupt
keinen klaren
Kopf.

Ich konnte
mich absolut
nicht konzen-
trieren.

Ich
muss mit
ihm reden.

Warum?
Die ganze
Zeit über frage
ich mich das
schon ... Warum?
Warum nur?

Take 2,
bitte.

Hey, bring mal den Ersatzbrief.

So können wir ihn nicht mehr benutzen.

RASCHEL

Oh.

Ah.

Otomo, der Brief ist ja ganz verknittert.

Na schön.

Gib uns mal fünfzehn Minuten Pause.

Hmm ...

Ichikawa.

Hm?

Ei, ei, ei. Er ist überhaupt nicht bei der Sache. Was ist bloß los mit ihm?

TOP

Hisashi, können wir kurz reden?

Hier.

RASCHEL

RASCHEL

SCHLUCK

Aber nach all den verhauenen Takes fällt es mir unglaublich schwer, ihn auch nur anzusehen.

Danke.

Ich möchte, dass wir reden.

GROOO

Ich dachte mir, eine kleine Stärkung könnte dir guttun.

Du hast aber viel gekauft. Was ist das alles?

Ich habe jede Menge Sandwiches dabei.

Mach dir keine Sorgen. Am Anfang ist es immer so.

Alle verstehen das.

Er möchte einfach nur nett sein.

Wenn du's genau wissen willst, Ichikawa spielt am schlechtesten von allen.

Ach, echt?

Ja. Selbst als Statist bewegt er sich wie der letzte Kasper.

Stelz   Stelz

Sag mal?! Hast du verlernt, wie man läuft?

HA HA HA

Allmählich frage ich mich, ob das alles nur ein Traum war.

Mao ...

Sag mal ...

... wegen gestern ...

Warum verhältst du dich mir gegenüber so normal? Wieso bist du davongelaufen? Das lässt mir einfach keine Ruhe.

Ich möchte nicht ...

... über gestern sprechen.

Hisashi ... ich wünsche mir, dass du auch dein Bestes gibst.

Wir ... sollten uns jetzt lieber auf die Dreharbeiten konzentrieren.

Alle geben ihr Bestes, um einen guten Film hinzubekommen. Ich möchte sie nicht enttäuschen.

take5

Ich will einfach nur mein Schuljahr in Ruhe zu Ende bringen.

Wieso hast du Agatsuma dann diesen Brief gegeben?

In Wahrheit, willst du, dass sich etwas ändert, oder?

Gut, das war's!

Danke! Aus!

Er ist ganz in der Rolle.

Wahnsinnig gut gespielt.

Sein Ausdruck war der Hammer.

Hm ... stark!

Am Ende will der Theaterklub ihn noch abwerben.

Otomo, das war richtig gut.

HAH ...

Ganz im Gegensatz zu einem gewissen Jemand ...

Mao*!*

Mao*!!*

ZUCK

Er hat sich endlich fallen gelassen und die Rolle angenommen.

Hab ich was falsch gemacht? Was ist dein Problem?

Wenn dir irgendwas nicht gefällt, such dir einen anderen Kameramann.

Willst du dich dahinter verstecken? Mir entgeht nichts. Ich merke doch, dass du dich nicht konzentrieren kannst und mit den Gedanken ganz woanders bist.

Wir hängen eh schon dem Drehplan hinterher, also reiß dich zusammen.

PACK

Was redest du da? Hey, sieh mich an!

Entspann dich. ☆

GRR

Ganz ruhig, ganz ruhig!

Wir sind doch heute gut vorwärtsgekommen. Lass uns schlussmachen, und morgen sieht die Welt schon wieder anders aus.

...

Ähm, hallo?

Geht's, Mao?

Er kann wieder nur meckern ...

Ah, dieser Sturkopf. Jetzt ist er wieder auf hundertachtzig.

GRR   GRR

Denk dran, morgen ist der große Tag. Unsere wichtigste Szene, Nummer 48, der Kuss!

Ich muss wieder runterkommen. Dieser Film ist wichtig für mich. Ich will, dass das gut wird. Ich muss mich konzentrieren.

Ichikawa hat recht. Ich bin mit meinen Gedanken ganz woanders.

Mmh ...

Seit diesem
Tag war es
zwischen
Hisashi und
mir ein wenig
schwierig.

Er muss
wütend auf mich
sein. Ich habe
ihn geküsst und
bin dann wie ein
verschrecktes
Tier geflohen.

Morgen
drehen wir die
Kussszene,
oder?

Ich bin ganz
aufgeregt. Vor
anderen Leuten
ist es nicht so
einfach, jeman-
den zu küssen.
Schauspieler
haben es echt
nicht leicht.

Haha
...

Du bist
doch
jetzt auch
Schau-
spieler,
Hisashi.

ZUCK

Ah,
ja.

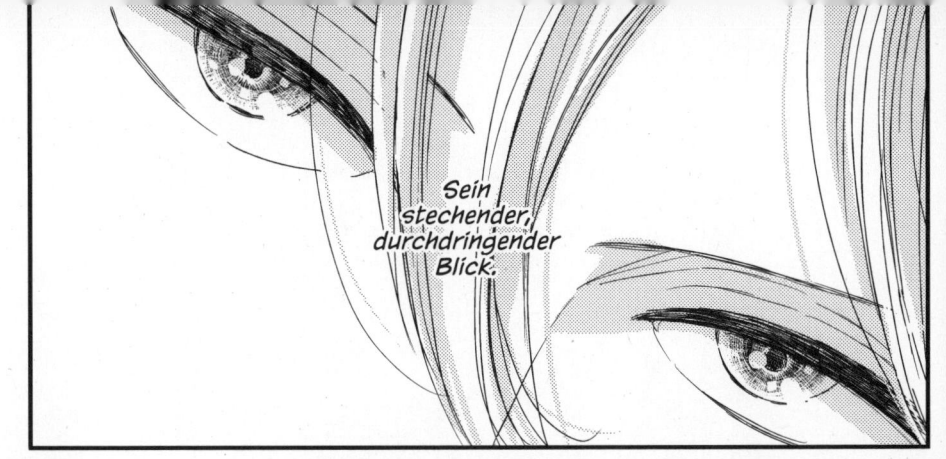

Sein stechender, durchdringender Blick.

Jetzt ist nicht der richtige Zeitpunkt, sich den Kopf zu zerbrechen.

Wo gehst du hin?

Ins Foyer. Ich kann mir den Text besser merken, wenn um mich herum Trubel ist.

Morgen ist ein wichtiger Drehtag, nicht wahr?

Nur Spaß.

Ich geh nicht ran. Ich werde ihn blockieren.

Okay!

Und
bitte!!

Wenn ich so filme wie immer, sollte schon alles gutgehen.

Ich habe mir diese Szene bereits ...

... unzählige Male vorgestellt.

Deswegen ...

Als wir uns im echten Leben geküsst haben ...

... war es ganz anders als in meiner Vorstellung.

Dieser Kuss war nicht wie in den Filmen.

Was? Dachtest du etwa, ich will dich küssen?

Honjo?

Ich will, dass du zu mir gehörst.

Ich möchte nicht, dass es nur bei diesem einen Kuss bleibt.

Es war nicht einfach nur schön, meine Gefühle spielten verrückt. Ich war ganz durcheinander, konnte keinen klaren Gedanken mehr fassen.

Mach dich nicht über mich lustig!

WAMM

Das ganze Jahr über mit dir in diesem Zimmer zu sein und zu wissen, dass du in jemand anderen verliebt warst ...

ZITTER ZITTER

Ah ...

Ich ... kann es selbst nicht glauben, aber ...

Du bist mir einfach viel wichtiger als Agatsuma.

Komisch ... Mein Herz ... pocht wie wild.

Das riss mich in tausend Stücke und hat mich unglaublich eifersüchtig gemacht.

152

... möchte ich einfach nicht sehen, wie Hisashi einen anderen küsst.

ZILL

RABUMMS

Es tut mir leid, wenn ich dich verletzt habe ...

Ich mache es wieder gut, ja? Diesmal meine ich es ernst.

SCHLING

Selbst jetzt ...

Selbst jetzt, wo ich doch weiß, dass es nur ein Film ist ...

Sieht mir nach einer leichten Gehirnerschütterung aus. Aber zum Glück hat er sich nicht am Kopf verletzt.

Dein Freund muss sich ein wenig ausruhen. Bleibst du bei ihm?

Ja, ich bleibe hier.

...

KRATSCH

Mao, wie fühlst du dich?

Ah, ver-
dammt!

Noch nicht mal Ichikawa hat sich aufgeregt. Ich fühle mich echt miserabel.

Die aus dem 3. Jahr werden sagen, dass der Kameramann komplett unfähig ist, und sich über mich lustig machen.

Ich habe die wichtigste Szene unseres Films verbockt.

Ich habe unseren Film und meine privaten Sorgen vermischt. Ich konnte mich überhaupt nicht konzentrieren.

Statt mich auf unseren Film zu konzentrieren, war ich eifersüchtig. Das ist doch echt das Allerletzte.

Du warst
mir gegenüber
die ganze Zeit so
abweisend, als
wäre überhaupt
nichts passiert
zwischen
uns ...

Weißt
du ...

... eigentlich
bin ich er-
leichtert.

Tut mir leid, du musst denken, ich wäre froh über deinen Unfall, aber ...

ROLL

...

Aber vielleicht hast du einfach nur über uns nachgedacht, wer weiß. Und falls dem so war ...

... würde mich das sehr glücklich machen.

UUIIIIE

Hast du
an mich
gedacht?

KLICK

Hey, Mao?
Schau mal
bitte her.

Was ...?!

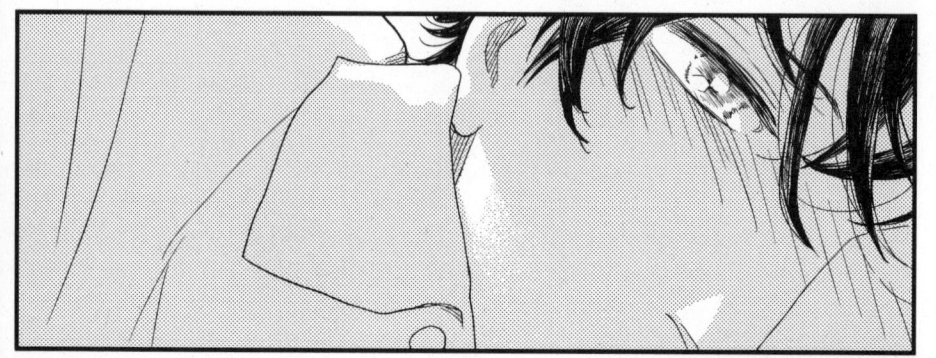

Ich
liebe dich,
Hisashi ...

Aber ich werde mehr und mehr zu einem schrecklichen Typen.
Ich möchte, dass du dich in mich verliebst und dass ich der Einzige für dich bin.
Und ich bin unglaublich eifersüchtig wegen dieses Kerls, mit dem du bis vor Kurzem noch zusammen warst.
Ich will, dass du nur mich ansiehst.

KLACK

Mao ...

take6

HM

Sorry ...

Aber ich kann dich nicht belügen und einfach sagen, ich hätte keine Angst ...

SCHMATZ

SCHMATZ

Ich will sehen, was für ein Gesicht du machst ...

Ah ...

WISCH

... wenn ich ihn rein-stecke.

Um ehrlich zu sein, müssten wir uns viel mehr Zeit nehmen, um dich langsam darauf vorzubereiten. Aber ich kann einfach nicht warten.

Ah, da ist sie wieder. Hisashis schlechte Angewohnheit.

Mit seinem kalten Blick durchbohrt er mich, als wolle er mich testen.

Aber es stört mich nicht.

Ich hoffe ...

... du vergibst mir, wenn ich das mache.

Er darf mich auf die Probe stellen, so viel er möchte. Meine Antwort bleibt stets dieselbe.

Ich liebe dich.

Es ist zwar mein erstes Mal, aber ich weiß, wie das funktioniert.

Ich hab mir Pornos angesehen.

Mach schon.

HIHI

Ach, echt?

UMARM UMARM

Es ist alles in Ordnung. Du brauchst dich für nichts zu entschuldigen. Ich akzeptiere dich so, wie du bist. Halte dich bitte nicht zurück.

SWTSCH

FUMP

RASCH

Mao ...

Mao.

Hisashi.

HAH ...

Ah ....!

♥

Es war, als hätte er mich mit seinen Gefühlen verschlungen.

Wie er wieder und wieder versucht hat, mir noch näher zu sein.

Wie er mir so nah war, so tief in mir.

Wie Hisashi meinen Namen flüsterte, als wäre er in Trance.

SCHLÜRFER

Mmm, ich komme ...

HAAH ...

AAH ...

AH ...

Mao ...

Ich bin schon zweimal gekommen.

Aber ich bin noch immer geil.

Mao ...
Kommst du?
FWUMP
HAAH
HAA ...
HAH ...
Na los, komm für mich!
FWUMP
FWUMP
Wenn er das zu mir sagt, dann ...
Aaah ...!
ZITTER
ZITTER
NNH
Aaaaah!
SCHLOTTER
WAMM

Wir sehen die verlassene Bibliothek, Stille - und dann blendet langsam der Abspann ein.

Als ich das Drehbuch gelesen habe, fand ich, dass das ein sehr trauriges Ende ist.

Obwohl ihre Liebe siegt, müssen sie sich trotzdem trennen.

Ich finde das sehr schade.

Aber jetzt ...

... denke ich, dass „Otomo" dem Klassensprecher vielleicht hinterher-rennt.

Er erinnert sich an den Kuss in der Bibliothek.

Und dann läuft er ihm hinterher, um ihn in seine Arme zu schließen.

PIEP

PFUSCH

Scheiße, wir kommen viel zu spät! Sollen wir blaumachen?

RUCKEL

RUCKEL

Auf keinen Fall. Am Nachmittag ist unser Dreh!

Okay, dann muss ich mich beeilen, meine Haare sind das reinste Vogelnest.

Hm?

Filmst du gerade?

Hier leuchtet doch was.

Ich bin schon fertig.

KLICK

Es tut mir leid, dass ich gestern Mist gebaut hab.

Die Szene, die ich gestern verbockt habe, drehen wir heute noch einmal.

NERVÖS

NERVÖS

Wie? Nein, mir geht's gut.

?

?

Bedrückt dich irgendwas?

Du warst überhaupt nicht bei der Sache. Wir dachten schon, du hast keine Lust mehr zu filmen.

FWUPP

Hör schon auf. Niemand von uns nimmt dir das übel.

Geht's dir wieder gut? Tut dir was weh?

Ist doch klar, dass der Regisseur sich Sorgen um sein Team macht.

Wir müssen uns alle gegenseitig unterstützen. Egal wem es gerade dreckig geht oder wer Probleme hat. Jeden kann's mal treffen.

Außerdem haben wir noch 'ne Menge Arbeit vor uns.

...

Was?

SCHLUCK

Nichts. Aber dass du dir mal Sorgen um andere machst?

Klappe!

Es kann ja sein, dass sich jemand mal nicht so gut fühlt oder Fehler macht.

Ja ...

Wir dürfen trotzdem nicht aufgeben.

193

... dass auch Hisashi und ich uns ...

... Stück für Stück verändern werden.

Vielleicht könnte man mit den Zwillingen auch mal ein Filmchen machen?

Also los, fangen wir an, bevor das Licht weg ist!

Ja!

Die Bibliothek ist heute in ein besonders schönes Licht getaucht. Das Abendrot verleiht dem Ganzen eine zauberhafte Stimmung, wie Honig, der im Sonnenlicht ganz sachte zerfließt.

Bist du jetzt Poet geworden? Das klingt so überkandidelt.

Ich werde diesen Augenblick mit der Kamera einfangen und ihn tief in meinem Herzen eingravieren und für die Ewigkeit bewahren.

Damit wir nie mehr zurück- schauen müssen, sondern immer weiter, und immer weitergehen. Nur wir beide. Für immer und ewig.

Wir drehen jetzt.

„Die Dinge werden sich ändern."

Dieser Gedanke beunruhigt mich ein wenig.

Doch ich habe jetzt keine Angst mehr.

Achtung, Ruhe bitte!

Und - Action!

*Der Klassen-
sprecher nickt
behutsam. Die
beiden Schatten
auf dem Boden
kommen sich
näher.*

„Ich möchte
es wiedergut-
machen. Und
diesmal richtig."

*Sie
küssen
sich.*

*Sie
nehmen sich in
die Arme und
Otomo sagt mit
leiser Stimme,
fast ein wenig
zerbrechlich ...*

„Du
bist es,
den ich
liebe."

Vor der Kamera wirkte „Otomo" tatsächlich glück-lich, auch wenn es nicht der richtige Text war.

Doch ich war mir sicher, dass der Regis-seur die Änderung gut finden würde.

Darum ließ ich die Kamera einfach laufen.

Durch meine Tränen wurde das Bild im Sucher langsam unscharf ...

... doch selbst mit diesem verschwommenen Bild ...

... ließ ich die Kamera laufen ...

... bis die beiden Figuren weiter und immer weiter mit dem Hintergrund verschmolzen.

Wenn ich ehrlich bin, war ich nie besonders gut darin, meine Gefühle in Worte zu fassen.

Selbst wenn es mir gelingt, weiß ich nie, ob mein Gegenüber mich auch wirklich versteht.

B-Roll - Bonustake

Warum kann es nicht einmal so sein wie im Film?

Glückwunsch! Otomo, Honjo. Wir haben unseren Film im Kasten. Sehr schön!

Was?
Sag bloß?
Kriegen wir
Blumen?

KLATSCH

KLATSCH

KLATSCH

KLATSCH

KLATSCH

KLATSCH

Sehr
schön,
bisschen
simpel,
aber okay.
Jetzt du,
Honjo.

VERBEUG

Wie? Ich?
Ähm, ja ...
danke an alle.
Ich bin echt
froh, dass ich
hier mitmachen
durfte.

Vielleicht ein
paar Worte,
um unseren
Drehschluss
zu feiern,
Otomo?

Ich bin
Honjo und
spiele die Rolle
des Klassen-
sprechers. Vielen
Dank, dass ihr
alle so viel Ver-
trauen in mich
hattet.

Ich kann
nur sagen,
dass ihr euch
in diesem einen
Jahr echt noch-
mal ordentlich
gesteigert
habt.

Ich durfte
auch letztes
Jahr schon
in eurem Film
mitspielen.

Ich hoffe, dass wir auch beim nächsten Film wieder zusammenarbeiten werden.

Und natürlich werde ich alles daransetzen, Otomo für den Theaterklub zu gewinnen.

HAHA

Ja ...

Dank Ichikawas unglaublicher Begeisterung, die direkt auf mich übergesprungen ist, konnte ich überhaupt erst so eine gute Performance hinlegen.

Ich würde mich riesig freuen, auch im nächsten Jahr wieder einen Film mit euch drehen zu dürfen.

KLATSCH
KLATSCH
KLATSCH

BADUM

...

?!!

Was? Nein!!

Otomo muss in den Filmklub! Schließlich habe ich ihn entdeckt!

Ich schwöre dir, es ist nichts.

Für einen ...

STARR

Ach?

Aber das war nur so ein Gedanke.

Viel schlimmer ist, dass ich schon so rede wie Ichikawa.

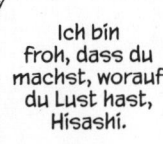

UMARM

... kurzen Moment dachte ich nur, wenn du ...

... in den Theaterklub gehst, werde ich bestimmt einsam.

Ich bin froh, dass du machst, worauf du Lust hast, Hisashi.

Darum finde ich es gut, wenn du in den Theaterklub gehen willst.

Ich werde dich in deiner Entscheidung unterstützen.

PFFT!

Danke, das
macht mich
echt froh.

Hindern?
Du möchtest
doch nur, dass
wir zusammen-
bleiben. Und
das macht mich
so unglaublich
glücklich.

Ich
möchte
auch, dass
wir zusam-
men sind.

?!

Ich dachte,
du würdest
wütend werden.
Ich möchte
dich nicht an
irgendetwas
hindern.

214

Halb zwölf.

Ich bin auch eben erst aufgewacht.

Ah ... Ich bin eingeschlafen. Wie spät ist es?

Mmh, zu spät, um noch was essen zu gehen oder sich zu duschen.

Meinst du, der Appell war schon? Unsere Tür war gar nicht abgeschlossen.

Weiß nicht. Vielleicht haben sie nur kurz reingeschaut, um zu sehen, ob wir da sind.

Ich hab Hunger.

Sollen wir zum Kiosk gehen?

PIIIEP

GROOO

ZACK

Mir egal, ob sie uns erwischt haben.

Oh!

Wahnsinn! Er hat noch immer Energie. Und das, obwohl wir es so wild miteinander getrieben haben.

STARR

Ach, echt?

Das ist das erste Mal, dass ich mich nachts rausschleiche.

Oh, schau, der Große Bär.

Es hat aufgehört ...

Mao ...

Hm?

Ja.

Ich liebe den Geruch der Nacht.

Ich hätte meine Kamera mitnehmen sollen.

Ich möchte dich gerne filmen und dich der ganzen Welt präsentieren.

Ich möchte alles an dir, dein Wesen und deine Reaktionen, einfangen und wie einen Schatz hüten, wenn wir allein sind.

Ich will der ganzen Welt zeigen, wie fantastisch du bist!

Ich werde dich die ganze Zeit über ansehen, ob nun im echten Leben oder wenn ich dich filme.

Ich will der ganzen Welt zurufen, dass du zu mir gehörst!

Wenn Hisashi anfängt zu lächeln, kommt es mir vor wie konzentrische Kreise, die ganz sacht über die Wasseroberfläche tanzen.

Ich hätte wirklich meine Kamera mitnehmen sollen.

Der Regen hatte nachgelassen. Die funkelnden Sterne erleuchteten den tiefschwarzen Nachthimmel. Wir beide waren ganz allein und - endlich - zusammen.

Es war wie in einem Film.

„Gehen wir!", sagte er zu mir und nahm meine Hand.

end

Hallo, ich bin Jyanome. Das ist der neunte Manga, den ich veröffentliche. Ich bin wirklich froh! Vielen Dank an meine Familie, meine Freunde, allen verantwortlichen Redakteurinnen und Redakteuren. An alle, die hieran mitgearbeitet haben, und an alle, die diesen Manga gelesen haben – vielen, vielen Dank!

Für alle, die die japanische Digitalversion gekauft haben: ihr findet darin ein kleines Extra, das in der Buchform nicht vorhanden ist. Es handelt sich um eine Bonusseite, die an diese Geschichte anknüpft.*

VERBEUG

Twilight Outfocus 2019 15 06 Hone Park Jyanome

* Nur in Japan.

Na ja, schön. Ich hoffe, dass wir uns in einem anderen Manga bald mal wiedersehen. Vielen Dank, dass ihr bis zum Ende dabeigeblieben seid. Und zögert bitte nicht, mir mitzuteilen, ob euch der Manga gefallen hat.

Jyanome

Na los!

Es ist ein Bonus im Inneren des Umschlags. Schaut doch mal nach!

Aber nicht für Ichikawa.

Sammlung von Zitaten meiner Redakteure

o Zu süß!

HEHE

Und was, wenn alle aus dem Filmklub richtig hübsche Kerle wären?
Ich liebe schöne Menschen!

Sehr ernst. Sehr ernst.

Denkt, es sei ein Scherz gewesen.

Haha, ♥ das wird aber dann ganz schön schwer zu zeichnen.

HUHUHU

Der Mitschüler von Hisashi, der den Klassensprecher spielt, sollte ein hübscher junger Mann sein. Einer, den alle mögen.

Ein gutes, solides Klischee.

Der Rebell und der Klassenbeste.

PERFEKT!!!

Am Ende wurde es ein Mönch.

Hm?

Hisashi ist so schön. Das muss gefährlich für ihn gewesen sein, als er noch jünger war. Es haben sicher viele auf ihn abgesehen.

Er hatte echt Glück, dass man ihn nicht entführt hat.

Eine Behauptung.

A... Ach wirklich?! Denkst du das?!

Das wusste ich nicht!!

Mangaka

Wenn Hisashi mit ihm ausgegangen ist, muss der Lehrer, mit dem er zusammen war, ja wirklich ein hübscher Kerl gewesen sein.

Ist das denn nicht gut?

Ich dachte eher an einen älteren Typen, der relativ banal wirkt.

Das kann ich aber nicht sagen.

Statisten, die hübsch sind, sind neuerdings auch im Kommen.

Nur wenn ich es zeichne.

STOPP! DIES IST DIE LETZTE SEITE!

TWILIGHT OUTFOCUS ist ein Manga, und einen japanischen Comic liest man von hinten nach vorne. Auch die Lesereihenfolge der Bilder und Sprechblasen auf den Seiten ist anders als gewohnt: von rechts oben nach links unten.

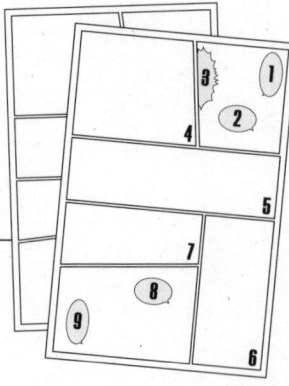

TWILIGHT OUTFOCUS 1

von
Jyanome

2. Auflage, 2021
Deutsche Ausgabe/German Edition
© Manga Cult, Ludwigsburg 2021

Aus dem Japanischen von Martin Gericke

Copyright © 2019 Jyanome. All rights reserved.
First published in Japan in 2019 by Kodansha Ltd., Tokyo.
Publication rights for this German edition arranged through Kodansha Ltd., Tokyo.
Original Cover Design: Tomohiro Kusume (arcoinc)

Programmleitung: Michael Schuster & Alexandra Grimsehl
Redaktion: Alexandra Grimsehl
Lektorat: Laura D'Argent
Layout und Lettering: Manga Cult, Datagrafix GSP GmbH, Berlin
Druck: GGP Media GmbH, Poessneck

Print-ISBN: 978-3-96433-469-5

www.manga-cult.de | Juni 2021